# ODE

## POVR MADAME

# LA PRINCESSE

## LOVISE MARIE

## DE

# MANTOVË.

# SONNET
## POVR MADAME LA PRINCESSE
# LOVISE MARIE
# DE MANTOVË.

SVr toutes les beautez qui brillent à la Cour,
  L'adorable MARIE a le mesme auantage,
  Qu'ont les plus hauts Sapins sur vn petit bocage,
  Et sur les feux du Ciel le grand Astre du iour.

Moy qui du Monde entier ay presque fait le tour,
  Ie n'ay point veu d'obiet qui charme dauantage,
  Et tiens que sa douceur, son port & son visage,
  Doit remplir tous les cœurs de respect & d'amour.

Depuis qu'elle a paru de cent graces ornée,
  Elle a fait soûpirer aprés son hymenée
  Les Princes les plus grands du Couchãt & du Nort.

Aussi dés que i'ay veu l'esclat qui l'enuironne,
  I'ay dit qu'elle auroit droit de se plaindre du sort,
  Si luy presentoit moins qu'vne auguste Couronne.

# ODE
## POVR MADAME
## LA PRINCESSE
## LOVISE MARIE
# DE MANTOVE.

Ladiſlas Roy de Pologne & de Suede parle.

APRE'S vn ſiecle de ſouffrance
Il ne faut plus diſſimuler,
Mon mal plus grand que ma conſtance
Me force à la fin de parler.
Eſclatez donc mes iuſtes plaintes,
Adreſſez mes vœux & mes craintes
Aux puiſſantes diuinitez,
Et les accuſez d'iniuſtice
Puniſſant d'vn trop long ſupplice
Mes loüables temeritez.

A ij

*I'ay souffert dix longues années*
*Les plus rudes tourmens d'amour,*
*Et mes cruelles destinées*
*Me les augmentent chaque iour :*
*Mais puisqu'vne douleur extréme*
*Ose attaquer mon diadéme*
*Impuissant à me secourir,*
*Il n'est sceptre que ie ne laisse*
*Pour aller flechir la Princesse*
*Qui de si loin me fait mourir.*

*Le Ciel l'a tellement ornée*
*Des plus charmantes qualitez,*
*Qu'elle eut dés lors qu'elle fut née*
*L'empire absolu des beautez :*
*Son visage n'a point d'exemples,*
*Sa douceur merite des Temples*
*Reuerez de tous les mortels ;*
*Et qui n'a l'ame d'vn Sauuage,*
*La voyant si belle & si sage*
*Fera des vœux à ses Autels.*

Sa presence auguste de Reyne
Fait confesser à tous les yeux,
Qu'elle est de Maison souueraine,
Et qu'elle a cent Roys pour Ayeux.
Mais la hauteur de la naissance
Ne l'enfle d'aucune arrogance,
Et sa profonde humilité
Contraire au faste des Couronnes
Rauit aux plus fieres personnes
Le tresor de leur liberté.

Dans les plus illustres familles
Dont l'honneur est le seul compas,
Les meres la monstrent aux filles
Afin de marcher sur ses pas;
Sa vertu de tous regardée,
Dans la Cour l'a si bien guidée,
Obseruant les plus saintes loix,
Que Diane & tout le Parnasse
Trauaillent à suiure sa trace
Dans la retraite de leurs bois.

A iij

Ce n'eſt pas à l'ombre d'vn Cloiſtre
Où l'eſprit n'eſt point combatu,
Qu'vne ame peut faire paroiſtre
Le iuſte prix de ſa vertu :
Dans la pleine mer des delices
Il faut lutter contre les vices,
Et domtant leur dernier effort
Monſtrer qu'on eſt ſi bon Pilote,
Qu'en dépit des vents vne flote
Arriue heureuſement au port.

Ainſi la celebre Iſabelle
Digne Regente des Flamens,
Par vne conſtance immortelle
Reietta tous allechemens :
Elle mit ſes ſoins & ſes peines
A nauiger loin des Syrenes
Dont la voix voulut l'arreſter,
Et boucha ſi bien ſes oreilles
Que iamais leurs fauſſes merueilles
N'ont pû ſes eſprits enchanter.

Ainſi ſuruenant vn orage
Craint des plus hardis matelots,
Ma Princeſſe auec ſon courage
Reſiſte à la fureur des flots.
Elle conſerue l'innocence
Parmy tant d'impure licence,
Et dans ce ſiecle vicieux
Où ſe font cent actes eſtranges,
Elle s'acquiert mille loüanges
Qui l'eſleuent iuſques aux Cieux.

Si cette adorable Princeſſe
Euſt fleury du temps de Iaſon,
Ce fameux guerrier de la Grece
N'euſt iamais conquis la Toiſon;
Mais ébloüy par tant de charmes
Il n'euſt eu pour but de ſes armes
Que de mourir en la ſeruant,
Et le domteur de Babylone
Euſt preferé cette Amazone
A ſa conqueſte du Leuant.

Allons donc chercher la merueille
Dont la peinture m'a surpris,
Soit que ie dorme ou que ie veille
Elle est presente à mes esprits,
Le petit fils du Grand Gustaue
Est né pour estre son esclaue :
L'obiet ne peut estre plus beau,
Et si Clothon pleine d'enuie
Coupoit la trame de ma vie,
Ie l'aimerois dans le tombeau.

Ne craignez point grande Princesse,
Acceptez l'Empire du Nort,
Et regissez vne Noblesse
Dont le cœur méprise la mort :
Quand vn fier ennemy s'appreste
De nous attaquer, à la teste
D'vn nombre infiny de cheuaux,
Les Grands sont prés de ma personne,
Et nul iamais ne m'abandonne
Durant mes penibles trauaux.

Tous

Tous ces Heros qui m'enuironnent  
Me font des chers Epheftions,  
Qui par cent feruices me donnent  
Preuue de leurs affections;  
Ie prife leur nombreufe fuite,  
I'approuue leur fage conduite  
Pour les armes & pour les loix;  
Et rauy de leur opulence,  
Ie prends leur pompeufe feance  
Pour vn graue Senat de Roys.

L'Europe admire l'eloquence  
De mon fameux Offolinski,  
Et la haute magnificence  
Du liberal Lubomirski;  
Grand eft le renom des Corefques,  
Des Conifpols, des Vifnouefques,  
Et des Zamofques glorieux,  
Dont les Maieurs pour recompenfe  
De leur cœur & de leur prudence  
Sont tous placez dedans les Cieux.

Les Lefnos, Opalins, Zaflaues,
Ont vn merite fans pareil,
Les Radziuils font les plus braues
Qu'on vid iamais fous le Soleil.
Boguflas remply de vaillance
S'eft fait renommer iufqu'en France
Suiuant les Princes fes Ayeux,
Dont les faits viuans dans l'Hiftoire
Terniffent la brillante gloire
Des Capitaines les plus vieux.

Efloigné de toute molleffe
Il occupe fes plus beaux ans,
Et dans fa premiere ieuneffe
C'eft l'honneur de mes Courtifans.
Il eft l'Efté dans les armées,
L'Hyuer les Dames font charmées
De fa grace & de fes difcours;
Auffi fa valeur me fait croire
Qu'en fon temps il aura la gloire
D'eftre l'Atlas de mes vieux iours.

Ie crains que ma Reyne s'eſtonne
D'auoir vn Eſtat limité,
Ou iamais Sceptre ne ſe donne
Qu'aprés l'auoir bien merité.
Mais de l'eſclat de ma Couronne
L'Illuſtre Maiſon Iagellone
Eut touſiours le front radieux,
Fors ceux qui mépriſans la terre
Dont le brillant n'eſt que de verre
Ont voulu regner dans les Cieux.

Quand de la Royale famille
Le dernier maſle eſt enterré,
Vn fils valeureux d'vne fille
Eſt à tout Prince preferé.
Ainſi quand le Deſtin iniuſte
Euſt rauy Sigiſmond Auguſte,
Ce noble Empire languiſſant
Cherchant à ſes maux vn remede,
S'offrit au Prince de Suede
Qui l'a rendu ſi floriſſant.

Aprés, quand la Parque contraire
A mis ce Monarque au cercueil,
A peine ay-ie pû ſatisfaire
Aux deuoirs d'vn ſi iuſte deüil,
Que les Eſtats dès l'heure méme
M'ont honoré du Diadéme
Dont on void mon chef reueſtu;
La Royauté la plus commune
Eſt l'ouurage de la Fortune,
La mienne l'eſt de la Vertu.

Auſſi par la voſtre admirée
Des plus lointaines nations,
Voſtre race eſt tres-aſſeurée
D'auoir mille perfections.
Ie preuoy deſia qu'elle herite
De voſtre admirable merite,
Et que les nobles Polonois
Pour ſe garantir du naufrage,
Voyant de vos fils le courage
Les mettront au thrône des Roys.

Le mien deteſte l'iniuſtice,
Auſſi les deſtins ont permis
Que mon fer domtaſt la malice
De mes plus cruels ennemis :
I'ay battu le grand Duc des Ruſſes,
Les Goths m'ont quitté les deux Pruſſes
Redoutans mon bras triomphant.
Mais à quoy me ſert cette gloire
D'emporter touſiours la victoire,
Si ie ſuis vaincu d'vn Enfant ?

Mon glaiue a contraint les Barbares
De ſe tenir dans leur deuoir ;
Les Coſacques & les Tartares
Tremblans ne s'oſent faire voir ;
Paul Luc n'a pû ſauuer ſa teſte
Ayant eſmû quelque tempeſte ;
Et le Turc qui de camps eſpais
Oſa couurir toute ma terre,
A ſon dan me faiſant la guerre
Fut heureux d'obtenir la paix.

Ailleurs Bellone déchaiſnée
Ayant les armes à la main,
Eſt dans les meurtres acharnée
Sans ſe ſouler de ſang humain :
Le repos regne en mes Prouinces,
Ie ſuis enuié de tous Princes
Comme pacifique & vainqueur,
Mon front eſt couronné de Palme,
Mes peuples me doiuent leur calme,
Et i'ay le trouble dans mon cœur.

Bien malheureuſe eſt l'influence
Qui preſide aux Roys amoureux,
Si dans leur plus haute puiſſance
Ils ſouffrent cent maux rigoureux.
Vn Prince redouté ſe trompe,
S'il penſe que toute ſa pompe
Donne vn parfait contentement ;
Souuent la douleur le gourmande,
Et bien que ſa gloire ſoit grande
Il n'eſt point ſans quelque tourment

Hercule à qui tout fut poſſible,
L'admirable patron des Grands,
Qui défit d'vn bras inuincible
Tant de Monſtres & de Tyrans;
Enfin par vne loy fatale
Fila long temps aux pieds d'Omphale;
Et le diſciple de Chiron
Qui fut la terreur de Pergame,
Euſt voulu priué de ſa Dame
Paſſer les riues d'Acheron.

Et moy qui d'vne ſeule image
Ay pû receuoir tant de mal, 
Ie dois m'armer d'vn grand courage
Pour oſer voir l'original;
Si cét œil qui tout autre efface
Peut eſchauffer vn cœur de glace,
Le mien ſera tout embraſé;
Mais comme vn temerairé Icare,
Mourant prés d'vn Aſtre ſi rare
Ie me tiens trop fauoriſé.

*Dans les plaines de Varzouie*
*LADISLAS se plaignoit ainsi,*
*Quand le bon Demon de sa vie*
*Luy dit pour finir son soucy:*
*Il faut qu'enfin ie vous predise,*
*Que l'incomparable LOVISE*
*Vient borner le cours de vos pleurs,*
*Le renom de vostre merite*
*Est vn doux aymant qui l'inuite*
*D'appaiser toutes vos douleurs.*